KB120685

강물에서 건져 올린 눈사람

시작시인선 0404 강물에서 건져 올린 눈사람

1판 1쇄 펴낸날 2021년 12월 24일
지은이 이문경
펴낸이 이재무
책임편집 박은정
편집디자인 민성돈, 장덕진
펴낸곳 (주)천년의시작
등록번호 제301-2012-033호
등록일자 2006년 1월 10일
주소 (03132) 서울시 종로구 삼일대로32길 36 운현신화타워 502호
전화 02-723-8668
팩스 02-723-8630
홈페이지 www.poempoem.com
이메일 poemsijak@hanmail.net

ISBN 978-89-6021-607-5 04810
      978-89-6021-069-1 04810(세트)

값 10,000원

강물에서 건져 올린 눈사람

이문경

천년의시작

시인의 말

가끔 누군가
나를 오래 지켜보는 것이었다
내 눈동자 속 눈사람이

눈사람이, 눈사람을
지켜보는 것이었다

2021년 12월 이문경

차 례

시인의 말

제1부

적막 ——— 13

가진 적 없는 돌 ——— 14

강물에서 건져 올린 눈사람 ——— 16

봉제 인형 ——— 19

마네킹의 거리 ——— 20

바다 위의 숲 ——— 22

마사토 ——— 23

기타 씨의 나비 되기 ——— 24

어두운 수면 ——— 25

거리의 발레리나 ——— 26

별 그늘 아래 별자리가 태어난다 ——— 28

고해성사 ——— 30

은신처 ——— 32

제2부

그림 속의 사람 ——— 35

반복하는 포즈 ——— 36

책의 생김새 ——— 37

까만 소 ——— 38

유령들 ——— 40

미래 ——— 43

여름밤, 꿈 ——— 44

너와 나의 대화 ——— 45

왕관앵무새와 아이 ——— 46

발달의 정지 ——— 48

물속의 집 ——— 50

광릉 연못 ——— 52

불면 ——— 53

제3부

가면무도회 ———— 57

보폭의 차이 ———— 58

스위치 ———— 59

기린의 입과 심장의 거리 ———— 60

새장 속의 어둠 ———— 62

잠들지 않는 아이 ———— 64

시체놀이 ———— 66

구름 위의 숲 ———— 68

두 눈을 가린 여인 ———— 70

비는 따뜻하다 ———— 72

트라이앵글 ———— 74

리어카 위의 생 ———— 75

랜덤하지 않은 ———— 76

제4부

벽돌 소년 ──── 81

얼음의 통로 ──── 82

접촉 안락 ──── 85

점성술사 ──── 86

감나무 밖의 감 ──── 87

중독 ──── 88

아름다운 혼돈 ──── 90

무언가를 한다는 것 ──── 91

가자지구의 벽 ──── 92

꿈의 수족관 ──── 94

해　설

유성호　젖지 않는 심장을 가진 눈사람 ──── 96

제1부

적막

과자로 만든 집을 먹었다 적막 속에서 젤리로 만든 지붕을 먹고 그다음 초콜릿 벽을 먹고 마지막으로 별사탕 창문을 먹고 나면 과자로 만든 집은 부서졌다 적막 속에서 그런 밤엔 꿈에서 바늘 빛 한 올 빠져나갈 수 없는 벽이 보였다 적막 속에서 네 안의 창문이 너에게 말을 건다 너는 한 번도 네가 아닌 적이 없다고 몸을 던지면 언제든지 바깥으로 나갈 수 있는 벽 그는 너에게 어떤 벽이었나 관계라는 벽 속에서 세상은 어떤 과자로 만든 벽인가 적막 속에서 너는 그의 바깥 너는 부서지는 벽 그것이 싫어서 네가 부서진다면 그를 바깥으로 네가 가진다면 부서지며 너를 바깥으로 서 있게 하는 벽 적막 속에서 그러나 바깥에서 보면 너는 언제나 안에 있는 사람 너는 벽의 바깥으로 적막을 가진다 적막 속에서 벽의 바깥은 너로부터 멀어져 간다 적막 속에서

가진 적 없는 돌

마당에서 공기놀이를 했네 높이 올릴수록 더 많은 돌 가질 수 있었네

계집아이는 혼자였네 돌로 만든 성成이 여자아이를 지켜 주었다네

혼자라는 건 편안한 불안, 혼자라는 건 자신의 온기로 공깃돌

데우는 것이라고, 다가오는 어둠이 알게 해 주어서 무서웠네

그런 밤이면 풀 먹인 이불 홑청을 이마까지 끌어 올려도 잠이 오지 않았네

마당에서 공기놀이를 했네 높이 올릴수록 더 많은 돌 가질 수 있었네

계집아이는 혼자였네 돌로 만든 성成이 여자아이를 지켜 주었다네

놓쳐 버린 돌은 어디로 간 것일까, 알 수 없는 밤이 지나면

반짝이던 것은 움켜쥔 손 펴기도 전에 너무 빨리 지나가 버린다네

너무 많은 것들은 너무 늦게 알게 된다네

14

>

마당에서 공기놀이를 했네 높이 올릴수록 더 많은 돌 가질 수 있었네

그러나 그 돌, 버려야만 가질 수 있는 돌이었네

강물에서 건져 올린 눈사람

어떤 눈사람 밖의 세상은
부끄러움을 모르는 눈사람만 남았다

눈을 뜨면
너의 눈동자에
두 개의 빛, 눈사람이 떠올랐다

너의 눈을 들여다본다는 건
잃어버렸던 눈사람을 만나는 것이라고

그래서 네가 눈물을 흘리면
나도 따라서 눈물을 흘렸던 것이다
눈사람은 따라 우는 습관이 있다

손가락으로 약속을 걸면
너의 손이 팔레트처럼 열려 있다
잔설 녹아내린 흔적이 손바닥에 남는다

오늘 어떤 눈사람은 팔 하나를 잃었지만
너를 껴안을 수 없다고 말하지 않았다

>
손가락을 꼽아 보면 네가 덜어 쓴 물빛 색깔이 흘러내린다
물이 다시 원색인 것을 알고 있다는 듯이

눈물을 흘리지 않기 위해
양파 조각을 입에 물고 양파를 썰었다
너와 껴안을 때, 눈사람은 울 수 있다

밤사이 내리는 빗물로 다리가 녹는 중이다
아침이 되어 문을 열고 나가면 너는 보이지 않는다

몸을 벗어 버리고 원색으로 돌아가는 거라고
자신의 눈물로도 눈사람은 사라질 수가 있다

없는 것을 본다는 건
있었다는 것에 하나를 더 보태는 것

가끔 누군가
나를 오래 지켜보는 것이었다
내 눈동자 속 눈사람이

\>

눈사람이, 눈사람을
지켜보는 것이었다

봉제 인형

그 골목에 들어서면 언제나 길을 잃었다 재봉질 소리가 대문을 박음질하자 창문이 허공에 떠올랐다 창문턱에는 다른 포즈의 봉제 인형들이 무표정한 얼굴로 걸터앉아 손가락으로 숫자를 계산하고 있었다 해가 질 때까지 무덤가에서 놀다 돌아오면 너는 죽은 사람하고 노는구나 어머니의 수심이 깊었다 친구들은 나를 언니라고 불러요 수많은 밤을 자고 일어나도 내 나이가 되지 않았다 언제 내 나이를 찾을 수 있는지 알 수 없었다 한참을 달려가도 뒤돌아서 보면 내 나이가 되지 않았다 나는 뒤돌아보는 버릇이 생겼다 내 나이가 따라오는지 확인했다 당신을 사랑해요 그래 아이야 네가 많이 자라면 우린 결혼할 수 있을 거야 당신의 말을 나는 알 수 없었다 나는 당신보다 어리지가 않았다 골목 안에서는 내가 이해할 수 없는 게 너무나 많아 이 골목 안의 사람들은 다른 것을 보는 것이 분명했다 허공에 떠오른 창문을 향해 나는 전속력으로 달려갔다 당신의 나이로 가기 위해 뛰어가도 내 나이가 되지 않았다 어떻게 내 나이와 멀어진 걸까 돌아보면 당신에게서 멀어져 간 것이었다 나는 골목의 바깥을 달려온 것이었다

마네킹의 거리

마네킹의 얼굴에서는 칼날의 냄새가 난다
눈 내리는 강남역 새벽 한 시
연등제에 걸어 놓은 종이꽃처럼
개성 다른 옷차림의 마네킹들 흩어지기 시작한다
억제된 감정과 눈물을 어둠 속에 풀어놓고
아이라인 번진 눈가 마르기도 전에
다급한 목소리로 택시를 부르고
보도블록 틈에 빠진 하이힐 굽을 빼다가 눈물을 흘린다
그녀도 안다 하이힐 굽 때문에 자신이 우는 것이 아니라는
것을
그녀의 울음에 다른 누군가의 울음이 그친다

지붕에 불을 켠 택시가 눈발을 헤치고 달려온다
이제는 덧난 상처에 흰 붕대를 각자 싸맬 차례이다
집이 먼 순서대로 올라탄 사람을 싣고
이마까지 붉어진 얼굴로 택시는 사라져 가고
마네킹은 쇼윈도 안으로 걸어 들어간다
투명한 가격표를 목에 걸고 가장 자신 있는 포즈로

일요일 아침

지난밤의 구토와 욕설, 그리고 욕망으로 조금씩 휘어지던

평균 나이 25세의 거리는

불안과 불균형으로 조금씩 균형을 잡아 간다

바다 위의 숲

그 심해를 건너면서 하얀 고래는 울지 않기로 했다 스스로 몸을 벗고 바다가 되었다 그러나 자신을 본 적 없어 자신의 존재는 몰라도 좋았다 물속의 밤은 캄캄했다 해수면 밖으로 솟구치면 하얀 불꽃이 되어 부표처럼 흔들렸다 불꽃놀이를 보여 주면서 하얀 고래가 가진 단 하나의 현실 세계는 새끼 고래를 지켜 내는 것 숨소리의 높이를 반복하며 징검다리 안에서 흔들렸다 나와 내가 손잡고 건너다닐 때처럼 단순해질 수 있다면 그네를 타고 파도 너머 건너뛸 수 있다면 공중에서 멀리 뛰는 것은 나아가는 것이 아니라 아득한 행로 제목을 알 수 없는 이야기를 거쳐 해변에 닿으면 낯선 곳에서 다섯 개의 음률로 위치 정보를 알리는 저주파의 노래를 불렀다 징검다리 바깥에서 발자국 하나만 보일 때 우리는 서로 침을 뱉으며 물었다 이제 따뜻해졌니 고개를 돌리자 모래사장 너머 카리나무 숲이 보였다

마사토
—소년 정우성에게

가등 불빛이 동네를 떠받치고 있었다 밤새 또 한 집이 떠나가자 동네 한쪽이 허물어져 내렸다 기울어진 전봇대가 불빛을 떠받치고 있었다 생일 축하 노래에도 금 간 벽들이 흔들렸다 가녀린 어깨가 드러나듯 빈집의 인기척이 남겨진 사람들의 불안을 가려 주고 있었다 옮겨 간 불 한 송이의 뿌리가 골목길보다 복잡하기를 기원했다 가랑비는 빈집 사이로 모여 뿌리처럼 굵어졌다 깜박이던 가등 불빛이 흑판보다 어두워지면 동네 모서리가 케이크 조각처럼 무너져 내렸다 흩어져 있는 콘크리트 부스러기를 밟으면 주먹에 고여 있던 말이 흘러나왔다 어떤 부스러기는 영혼이 몸보다 무거워 여섯 명의 상여꾼이 필요했다

기타 씨의 나비 되기

기타 씨, 베이스 씨 같이 오세요
기타 씨와 베이스 씨가 잡초처럼 뽑혀 가네
가수면 상태와 반수면 상태의 기타 줄 튕기기
손가락에 연연하지 않게 되자
나비가 꼬물거려 간지러웠지
혈관에 주사를 꽂을 수 없어 헤드뱅잉
대마초 대신 판피린 열 병 들이켜고
기타를 두드리네
신경이 파도의 흰 거품처럼 살아나자 악마가 속삭이네
나비가, 수천의 나비가
몸 안에서 날개를 펼치고
날아가는 나비가, 아니, 나비에 끌려가는 자신이 보이네
나비의 날개를 만진 손가락으로 눈을 비비면
눈이 멀게 된다는 이야기, 어머니의 목소리는 음산한 악
마성이 묻어났지 잠이 들면 꿈속은 깜깜해 허공을 더듬으
며 앞으로 나아갔지
눈이 먼 이들은 보이지 않는 바닥으로 뛰어내리지 못했네

어두운 수면

캄캄한 하늘과 숲은 어두운 수면으로 이어지고 있다 수평의 띠를 이룬 어둠은 한 획의 빛도 멀리 가게 해 주었다 아주 먼 곳까지 터널 속을 나온 새 한 마리 희미하게 사라져 갔다 나는 숲으로 들어갔다 초록 눈동자 번득이며 잎사귀는 날카로운 발톱을 숨기고 비에 젖은 얼굴 햇빛에 말리며 가벼워져 갔다 뒤에서 노려보던 녹색의 손아귀가 내 머리채를 잡아당겼다 가장 예리한 칼날은 가슴에 숨겨야 강해질 텐데 향엽나무의 얽힌 가지 사이로 당신의 잘린 머리가, 보였다 검붉은 피가 흘러 이제 당신은, 가벼워지나요 당신이 흘린 피와 내가 흘린 피로 잎사귀는 무성해지고 크고 넓어진 혀로 우리를 단숨에 삼켜 버릴 텐데, 세상은 우리로부터 잊혀 가요 당신은 자신이 가진 가장 강한 것으로 쓰러지나요 나는 무엇으로, 쓰러지나요 나뭇가지 끝 달의 얼굴 할퀴고 날아가는 새가 보였다

백색 롤스크린이 내려오는 아침, 녹색 머리카락 풀어 헤치고 숲이 나를 쓰러뜨렸다

거리의 발레리나

여자는 하얀 레이스에 흰나비가 날아다니는 옷을 입고 밖으로 나가요 아무도 몰라요 그녀가 나가는지 그녀는 이제 교대역에서 사당역까지 걸어도 다리가 하나도 안 아파요 흰나비와 새는 그녀를 날아다니게 하는 걸요 그러다 그녀는 가로수에 부딪칠 뻔해요 흰나비와 새가 연둣빛 잎사귀로 옮겨 가려고 하잖아요 글쎄 그녀의 발이 아스팔트에 빠진 줄을 까맣게 모르나 봐요 불온한 봄이 시작되고 있어요

여자는 꽉 막힌 도로에 정차해 있는 자동차 사이를 날아다녀요 시계를 들여다보며 신경질을 내던 남자가 그녀를 보고 쿡쿡 웃어요 그녀는 그 남자가 비둘기 같다는 생각을 해요 운전대를 잡고 졸던 여자는 뒤차의 경적 소리에 깨어나 그녀를 보고 웃고 있어요 이 많은 사람들이 왜 이 시간에 다 길 위에 있는 건지, 그녀는 그들이 이상해 보여요 그들도 어쩌면 거미줄에 갇힌 걸까요

거미가 쳐 놓은 그물 속, 그녀는 거미줄에 갇혀 버렸어요 이름도 나이도 알 수 없는 거미가 그녀에게 다가와, 그녀는 정신을 잃고 쓰러졌어요 여자는 자신의 얼굴도 자신의 이름도 잃어버렸어요 그녀가 달고 다닌 이름표는 너무 무거웠거든요 이제 그녀는 이름표 대신 날개를 가지게 되었어요

그들의 눈동자가 그녀를 따라와요 그들도 날개가 필요한

가요 그런데 울다 닫힌 동공이 그녀를 쳐다보고 있어요 그 눈동자는 깊고 어두워 동굴처럼 안전해 보여요 그녀는 그곳으로 들어가기로 결심해요 날개가 아파 오기 시작했거든요 불온한 봄이, 계속되고 있어요…….

별 그늘 아래 별자리가 태어난다

나무 아래 누워 별 그늘에 든다
별을 기다리다 기다림을 잊어버린 나뭇가지들, 손가락
을 모은다

알전구가 사방에 켜지듯
따뜻한 눈이 쏟아진다
단 하나의 사건으로, 단 한 번의 흰빛으로

겹쳐지며 소멸하는
우리는 끝없이 넘어지는 존재로
왜 자꾸만 태어나는 것일까 환해지는 걸까
파도처럼 볼링 핀처럼
어제를 돌아 오늘로 되돌아오는 네가 새롭다
눈뜨지 않은 아침에도 바다는 매일 새로워지고
눈 감지 않은 밤에도 별은 매일 태어난다

눈 감아도 너의 발소리는 언젠가 들어 본 것 같고
너의 독백은 이미 본 영화 대사와도 같고
이어지는 대사는 내 입술에서 더빙된다
오늘 나는 어제 누군가의 생각 오늘 너는

어제 누군가의 실천과 행동이다

쏟아지는 눈발 속, 희미해져 가는 시야 속으로 소멸되
는 사람들
언젠가 잃어버린 살얼음 속 벙어리장갑 한 짝,
내밀지 못했던 내 손을 꺼낸다
별이 다섯 손가락을 펼치는 것은
너의 언 손을 잡아 줄 별자리가 태어난다는 이야기
그런 날에는 별에서 불 냄새가 났다

고해성사

정맥 또는 신경 회로

신경증을 앓는 사람의 정맥은 가장 깊이 가라앉아 몸을
숨긴다
신경 회로의 교란으로 정맥은 부러진 주삿바늘을 삼킨다

수신되지 않는 호출음

눈동자 아래 정맥, 호출음이 울리자 깊이 가라앉는다
아직 날카로운 주삿바늘이 지나가지 않았으므로
푸른 꽃과 숨은 꽃은 어둠의 배후가 되고

주삿바늘

푸른 실금을 찾아 수면 위로 미끄러지는 주삿바늘
링거 줄 튜브에 붉은 피톨이 흐른다

고해성사

어긋난 대상에 대한 네 욕망의 행적에 밑줄을 긋는다

고백하는 자보다는 고백받는 자가 불행해지는 시간
이기적 유전자는 타인에 대해서 명료해진다

곰팡이, 푸른 독성

혀에 닿자 거품처럼 허탈해지는 크루아상, 빵에 피어난
곰팡이는 아름다움을 위장할 줄을 안다 자신의 아름다움을
알고 있는 존재는 그러므로 아름다워지지 않는다

부케

수신인 없는 발신 번호가 어둠 속 푸른 불빛으로 발광한다
푸른 꽃을 호출하는 손가락과 주삿바늘
던져 올려진 부케, 아홉 시 뉴스처럼 공중에서 흩어진다

은신처

　붉은 도마뱀이 뛰어다녔다 발바닥이 뜨거웠기 때문이다
눈동자가 건조할 때마다 식염수를 쏟아 부었다 눈동자가 움
직일 때마다 모래가 서걱거려 그는 푸른빛을 쏘아 내 눈동
자를 도려냈는데 나는 하나도 아프지가 않아 이상하다고 생
각한다 눈물이 흐르지 않는 것처럼 마음도 몸도 움직여지지
않았다 모래바람이 불던 동공은 이젠 내 것이 아닌지도 모
른다 내 의지와 다르다면 내가 아니기 때문이다 의지는 안
경 없이 바라보던 너의 얼굴 윤곽처럼 경계가 흐려진다 푸
른 섬광에 깎인 동공, 깊이 패어 이제는 울 수 없는 눈동자,
한때 사랑했던 사람들은 이곳이 아닌 은신처로 가려고 했다
기댈 벽이 없었기 때문이다

제2부

그림 속의 사람

고요한 해수면에 사람을 그려 넣었지
색깔이라고 말할 수 없는 흰색 위에
사공을 그려 넣었지

도화지에 그려지지 않은 귀는
화공의 얼굴에 남아 있었어

파도 소리가 그림 밖 색깔임을 이해했지만
나에게 나를 들려주기 싫어서
사공이 탄 배를 외면했지

자신을 말하면
행인 3인 단역이 주연이 되는 것처럼
자신을 들려주면
누군가였던 사람이 일인칭으로 돌아가는 것처럼
말은 귀를 그리고
귀는 말을 그리고

한 번 들은 말은 역린이 돋아서
화공은 마지막에 눈동자를 그려 넣었지

반복하는 포즈

9년 전의 플랫폼에 기차가 들어온다
머물지 않는 의자에 앉아 있는 사람들
9년의 시간을 달려온 기차를 기억하는 방식
그래서
아직 있는 것
그래서
아직 남는 것
턴테이블의 바늘이 돌아가는 올드한 느낌으로

무릎을 안고 소파에 기대어 바라보는 9년 후의 당신은
소파의 포즈로 소파가 되어 가서 편안해 보여
기타를 치며 노래를 하다가
피아노 연주에 맞춰 몸을 흔들며 그러나 흐느적거리면서
노래하지 않아도 말하지 않아도 포즈로도 가능해
자기 이렇게 흐느적거리다 비행기 놓쳐
좋아 그래
당신을 실은 9년 후 비행기는 이제 사적인 비행기
사적인 고풍스러운 계단을 올라가면서
사랑을 기대하지 않는 사람들처럼 포즈를 반복하면서
학습이 되어 가는 감정과 포즈로

책의 생김새

닫힌 벽난로 장작불이 타박타박 타오른다
네 발소리처럼 눈이 내렸으면 좋겠다
감은 눈꺼풀 위에
시린 손가락이 녹는다
다섯 개의 고드름을 입김으로 녹이는 동안
냉기로 굳어진 버터는 식빵이 되고
얼어붙은 어둠의 그림자는 각 얼음처럼 투명하다
목질 속 여왕개미가
불꽃의 캄캄한 중심으로 사라진다
벽난로 앞 거울 속에서 종이 사과를 먹는다
종이로 변형된 사과는
사라진 형태를 복원하고
거울의 혀는 본래의 모습을 맛으로 불러온다
거울 속 손가락이 당신의 얼굴을 지우자
누군가 돌아올 수 있는 길은 사라진다
분자 요리의 재료는 본래의 형태로 돌아가지 않는다
벽난로에 불이 꺼진다
연기가 등장인물을 지우며 날아간다
어떤 장면이 머릿속에 쌓이나
책 밖에는 눈이 내리고 있을까

까만 소

씨앗은 땅속에 있다
거대한 나무가 자란다
씨앗은 어디로 갔는가
잎사귀에
나뭇가지에
뿌리에
씨앗은 있다

파도가 밀려온다
그 파도를 업고 또 다른 파도가 넘어진다
어두워지기 위해 반짝이는 존재들
그 환해지던 순간을 믿지 않기로 한다
한낮에 켜진 전구처럼
드러나지 않는 존재들

까만 소는
내부에 있다
돌은 아래로 무거워지고
불꽃은 위로 한 계단씩 낮아져 간다
까만 소는 어디로 갔는가

>

강 한가운데에 까만 소는 있다

까만 소는 내가 사랑하는 대상보다 더욱더 동사적이다

유령들

불 꺼진 무대
이제 객석에 남은 사람은 아홉
누가 먼저 입을 열 것인가
창밖에는 말줄임표로 빗방울이 흩어지네
젖지 않는 사람들이
옷을 입고 우산을 쓰고 지나가네
사람들은 집으로 돌아가면
머리카락에 매달린 빗방울을 털고
샤워를 하고 침대로 들어가 시트를 머리끝까지 뒤집어쓰고
유령 놀이를 하지

어쨌든 씨, 늘 포용적인 포즈에 익숙해
반드시 씨, 실루엣에 늘 신경을 썼네
주제 씨는 주제 모르고 주제넘게 사람을 업신여기려 해서
업신여김을 당하지
자의식 씨는 의구심 씨의 팔짱을 끼고 가까워지려 하고 의
구심 씨는 친밀함에 의구심을 가지지
온전함 씨라는 족속은 멸종한 것 같기도 하네
쉬움 씨는 쉬운 사람을 우습게 알지만 끼리끼리 함께 있어
서 같이 우스워지네

갈등 없이, 망설임 없이 당연히 버려지는 검정 비닐봉지로 서로를 바라보네

느닷없음 씨는 느닷없이 나타났다가 느닷없이 사라짐을 전제로 하기 때문에 느닷없지

생각없음 씨가 가끔은 오래가기도 하는데

나대는것 씨가 열심인지 나대는 건지 네가 말해 봐

솔직함 씨를 불편함 씨가 불편해하네

그래서 이상한 씨가 늘 무리에서 멀리 떨어져 있는지도 몰라

갑자기 씨는 감정 씨랑 듀엣으로 무대에 서지

하찮음 씨는 듀엣은 싫어해 자신이 하찮은 솔로이기에

무심 씨는 그럼에도 무심함을 보여 주면서 초탈한 포즈로 우스꽝스럽지

아 보잘것없음 씨를 무대 위에서 보게 되다니

우스움 씨 어이없음 씨를 이해하러 멀리 가네

비웃음 씨 자신의 처지는 모르는 채 맘껏 비웃어 주지

그런데 객석에 아홉 사람이었는데

세어 보니 열도 넘네

어쨌든 씨에게 어찌된 건지 물어봐야 하네

분별없음 씨는 죽을 때까지도 분별없다가 죽을 것이네

뒤끝없음 씨는 상대방의 감정과 상관없이 늘 개운하고
심란함 씨 무대 위에 나타나네
근거없음 씨 근거 없이 끼어드네
무책임 씨 무책임하게 근원도 없이 무대 위에서 퇴장하네
지겨움 씨는 이 모든 것이 지겨울 뿐이네 터무니없음 씨와
술잔을 기울이고 싶어지네
속절없음 씨가 갑자기 속절없이 무대 막을 내려 버리네

미래

저게 강이야 바다지
아이는 외쳤다
발목을 감는 흰 거품이 간지럽다고 너는 웃는데
부드러운 물살이
발가락 아래 모래를 순식간에 깎아 내린다
때로는 낯익은 바닥이 우리를 넘어지게도 하겠지
믿었던 파도가 우리를 쓰러뜨리기도 하겠지
우리는 스파클링 거품처럼 소리 내어 웃는다

온타리오 호수의 물이
나이아가라 폭포로 흘러간다
폭포의 정기를 받고 태어나면
강한 아이가 된다는 전설이 내려오는 마을
만삭의 몸으로 나는 달려갔다
물살을 헤치고 나아가는 통나무처럼
저 쏟아지는 수직의 은하수처럼
아이는 우주의 어느 별자리에서 닻을 내린다

여름밤, 꿈

물고기가 물속에서
물속을 잊는다
날아가는 새가 허공에서
허공 속을 잊는다
어젯밤 꿈속에서 나는
꿈속을 잊는다
꿈속에서 나는 잠을 잊고
당신을 안고
당신을 잊는다

너와 나의 대화

떠돌아다니다가
서로를 끌어안는 바람의 영혼들
그래서
사람도 껴안는 거예요? 저 바람들처럼?

왕관앵무새와 아이

왕관앵무새가
욕조 물에 빠져 눈동자까지 잠겨 있었다
이미 물을 많이 먹은 듯했다
건지자마자 드라이어 바람으로 젖은 깃털을 말렸다
새는 눈을 감고 정신을 잃어 가고 있었다
타월로 감싸 안고 동물 병원으로 달려갔다

체온이 떨어지지 않게 잘 데리고 왔어요
새의 작은 가슴에 링거를 꽂으며 의사가 말했다
전문가보다 때로는
우리가 더 유능할 때가 있다 사랑을 알면 모든 게 쉬워진다
중환자실에서 돌아가신 아버지
중환자실에는 가족이 없었기 때문이다

예전에 중환자실을 거부하고
가족 곁에서 회복되었던 아버지는
중환자실 침대에서
새의 깃털처럼 가벼워져
금방이라도 날아가 버릴 것만 같았다
시트 밖으로 나온 차가워진 발을 손으로 녹였다

\>

눈처럼 흰 페르시안 고양이가

새장 속 새를 노려보며 주위를 맴돈다

확대된 동공이 새를 노려본다

고양이가 새를 좋아하거든요

좋아하는데 왜 이렇게 무섭게 노려보나요

놀라서 질문하는 아이에게

당연하다는 듯이 의사가 말한다

좋아하니까 먹으려고

좋아하면 먹는 건가요 살려 주고 같이 살아야지

아이가 울먹이며 의사를 쳐다보며 말했다

왕관앵무새를 사이에 두고

아이와 고양이가

서로 노려보고 있다

새는 조용히 눈을 감고 있다

자신의 분신이라고, 자식을 사랑해서 먹어 버리게 되는

어떤 부모들을 떠올렸다

발달의 정지

증상은 가면 뒤에서 서성거린다
확실하게 말해 준 적은 없다
가해자일 때에도
피해자일 때에도
묵비권으로 보여 줄 뿐
습관성 구토는
자동으로 열리는 위장 뒤에 숨어서 밸런스를 맞추어 간다
치아를 감싸는 에나멜을 녹이며

하이힐을 신고 침대 위로 올라가는 사람이 있고
실크 스카프를 만져야만 잠이 드는 사람도 있다
모든 페티시즘 증상은 발달의 정지이다
카페인 중독의 밤이 길어지면
바삭하게 구운 빵에
마멀레이드를 바른다
마멀레이드는 사랑스럽다
필요할 때마다
입안에서 포만감을 준다
우리는 자주 혼란에 빠진다
포만감과 사랑을 느끼는 부위가 인접해 있어서

폭식의 치료는
속은 뇌를 다시 한 번 더 속이는 것
시간이 흘러도
해결되지 않은 감정은
가면 뒤로 얼굴을 숨긴다

아침이 가까워진다
어떤 사람들은 각자
자신을 아름답게 해 줄 것을 더 사랑하였다

물속의 집

1

페달을 밟으며 한강 변을 달린다
긴 머리카락이 여자의 얼굴에 쏟아진다
자전거에는
영혼이 없다고?
당신이 닦아 줄 수는 없어도
내 눈물 닦아 주는 자전거
어때요 전속력으로
내가 달린다면

2

아파트 주차장 구석진 자리
검은 털실 뭉치처럼 웅크린 고양이 한 마리
실타래 풀리듯 소리 없이
승용차 엔진에 다가가
온기를 끌어안는다
고양이에겐
영혼이 없다고
당신이 말한다면
그렇다면 이건 어때요

고양이도 나처럼
말을 할 수 있다면

3
자동차 시동을 끄고
남자는 아파트 안으로 사라진다
인큐베이터 속,
잠든 얼굴을 비추는 할로겐 조명
따뜻한 양수 속에서 밀려 나와
인큐베이터 안에서 잠든 미숙아는
물속을 부유한다
물속의 집은 고요를 생산한다

광릉 연못

연못은 한 줄의 빗금도 일지 않아, 모르겠어요 캘린더 속의 연못인지도
어머니는 딸을 미워했던 남자의 식탁을 차리고
어머니는 딸을 사랑했던 남자의 식탁을 지워요
연못 속과 연못 바깥 그 경계의 빗금을

어머니는 나를 낳고 나는 어머니를 다시 낳고
우리의 자식이면서 동생의 어머니가 되는 탯줄을 잘라 버려요
세상 속 탯줄은 새로운 관계로 강물로 자맥질하고
세상 속 언어가 아닌 고독한 자의 언어로 캘린더 속의 언어로

광릉 연못은 날마다 새로워지는 캘린더 속 강물로 연꽃을 피워 올렸다

불면

핀셋으로 신경을 건드리자 움츠렸던 불면이 튀어나왔다
당신은 꿈의 다른 얼굴인가
아니면 당신의 변이인 것일까
당신이 몰입하는 음악의 세계를 나는 배경으로 가진다

등장인물은 침묵하는 흑백영화 주인공들 같지만
볼륨이 높아지는 것을 표정으로 우리는 알 수가 있을 테지

꿈에서 밀려 나올 때 생각해 본다
침대에서 해야 하는 것들이 있고 침대에서 하지 말아야
하는 것이 있다
단지 차이인 것들로
행동하기 위해 시간을 끌지 않는 당신과
사랑하지 않기 위해 시간을 끌어야 하는 내가 있다
식별이 불가한 당신들이 있고
다른 존재가 되어 나타나는 당신들이 있다
잠과 꿈 사이,
잠을 체화하지 못하고 이해하기로 한다

제3부

가면무도회

너는 가면보다도 적은 표정을 가지고 있구나

이면과 더 잘 어울리는구나

속마음 감추기 더없이 좋아서

대상과 마주 보는 눈빛의 탯줄을 잘랐구나

대상의 눈동자 속 네 모습을 유산시켰구나

배후와도 잘 어울려서 뒷모습을 감추었구나

너는 너를 알아보지 못하기로 한 것처럼

너의 감정을 알아내지 못하기로 한 것처럼

너는 너에게 춤을 권하지 못하는구나

무표정으로 다인칭이 되기로 하였구나

보폭의 차이

빗방울이 빗방울 위에 벽돌을 쌓는다
철조망으로 담이 높아지자 밤이 수면보다 낮아진다
가시 지느러미 돋아나 나는 담 너머로
헤엄쳐 간다
담보다 높은 수면 밖 바람에
지느러미가 긁힌다
바람은 장미에게 수평 이상을 허락하지 않는다
야행성 바람은 온몸으로 철조망을 끌고 온다
해야 하는 것을 하지 않은 나와
하지 말아야 하는 것을 하는 너는
누가 더 넓은 보폭을 가진 가시였을까
우리는 가끔 잔잔하게 출렁인다
붙잡을 수 없는 수평 옆에서 안전한 우리는
빗방울 벽돌이 마르는 동안 특별해지지 않기로 한다
가시에 찔린 빗방울이 점점 야윈다
몸을 벗은 우리가
지느러미로 철조망을 넘는다

스위치

자신의 뇌가 언제 스위치가 켜지는지
그녀는 안다
욕망이 말을 건넬 때 사람들의 스위치가 켜지는 것도
말은, 내용보다 태도로 더 많은 것을 말해 준다
텅 빈 발화 앞에서 그녀의 스위치는 켜진다

여느 때보다 더 커다란 전나무를 사온다
무관심을 가장 잘 표현하는 스위치를 가진 사람들을
그녀는 알고 있다
전나무는 환하게 불을 밝히고 있지만 무표정하다
스위치 하나로 살고 죽는
깜박거리는 트리의 점멸등 같은 검은 눈동자를 그녀는 안다
선물 포장을 푼 끈으로 리본 매듭을 만들어
그녀는 전나무 꼭대기로 올라간다
내일, 그녀는 선물이 되기로 한다
누군가의 스위치가 되기로 한 것이다
은종이로 만든 벨이 흔들린다
마음이 불편한 사람들의 스위치가 켜진다

기린의 입과 심장의 거리

생각보다 심장이 먼저 반응하는 것은
이미 흘러내려 높이를 잃은 눈물
엑스레이에는 잡히지 않는 흉통
누군가 움켜잡았다가 놓은 심장

위선의 눈동자는
속눈썹 아래 감출 수 있어도
의미 잃은 말은 벌레에 갉아 먹힌 잎의 그물맥
그물눈의 문양을 온몸으로 가진 기린은
진실을 거르는 그물을 가진 것이다

기린이 말하지 않는 이유는
멀리 볼 수 있는 눈으로
많은 것을 알기 때문,
기린이 말하지 않는 이유는
기린의 입과 심장과의 거리가
너무 멀기 때문이다

깊은 우물에서 두레박을 들어 올리듯
성악가의 성대가

보이지 않는 소리를 들어 올린다
청동의 아리아는
가장 정직한 호흡,
말을 잃은 기린의 성대는
심장과 교신한다
심장을 통과해야만 목소리는 완성되는 것
목소리는 눈동자보다
정직하다

새장 속의 어둠

지금은 밤이야
밤
너를 내려다보고 있는
내 은빛 날개를 만져 봐
아니 날개 말고 그 아래
내 몸을 만져 봐
조약돌 같은 거기
파도치는 내 심장
우린 거기 살고 있었던 거야

바지랑대 끝 잠자리 날개처럼
나는 가볍고
불면의 밤을 건너온
새의 눈꺼풀처럼 나는 무거워

깃털도 무거워지는
밤이야
밤
천칭天秤 왼편에는
너의 깃털

오른편 천칭 위에는
나의 심장 25그램을 올려놓는다
내 심장 속, 눈 감은 적 없는 새 한 마리

새장 문을 열어 준다
노래하는 새가
그 노래를 잊었기에

잠들지 않는 아이

1
여기는 함성 사라진 운동장
낯익은 얼굴들은
다 어디로 간 것일까
깜깜해진 거울 속의 얼굴들
흑판 위에서 분필 가루로
흘러내리는 얼굴들
누구일까
허우적거리는 내 팔을
잡고 있는 이는
내 눈꺼풀 쓸어내리는 이 손은
무엇일까
저, 검은색보다 더 검은 실루엣은

2
계단을 올라가듯 불꽃이 높아져 가고
흘러내린 촛농으로 침대가 투명해질 때까지
불꽃의 검은 동공 속에서
나는 잠들지 않았다
안 보이는 건 없는 거니까,

눈을 감으면 사라지니까,

우리는 모두 사라지지 않았다

시체놀이

1

스크루에 끌려 올라오는 코르크 마개

와인을 병째 쏟아 놓은 강물

물웅덩이에 드러누워

호흡을 막고 물속 깊이

눈을 감고 귀를 막아

적막한 시간 속으로

시체놀이를 하는 아이의 벗은 몸이

잠겼다가 떠오르고

가라앉았다가 다시 솟구쳤다

꽃무늬 팬티가 벗겨져 떠내려갔다

옷을 벗은 사람아

너는 젖지 않는 꽃잎이 되고

2

여기는 시계 제로

오크 통에서 발효를 기다리는

캄캄한 포도알로 나는,

목소리는 영혼의 바로미터

당신이 아름다운 목소리를 찾을 날이 있을 거예요

나는, 따뜻한 양수와 함께
쏟아져 나왔다
지독한 한기가 밀려왔다

구름 위의 숲

아이가
걸을 수 있게 되자
발이 땅에 닿기만 하면
앞으로 달려 나갔다
시간차 공격처럼 쏟아지는 소나기의 다음 방향을
알 수 없듯이
아이가 가는 그곳을
알 수는 없었다
층계를 뛰어 내려가며 손에 든 것이 흘러내려도
그냥 앞으로 달려갔다
내 손을 떠난 것은 내 것이 아니었기에
두려울 것 없는 표정을
아이는 가지게 되었다
두려움은 넘어서는 것이었기에

스피드 스케이트를 타고
아이는 왼쪽으로만 회전했다
최대한 몸을 숙이고
바람을 계산하면서
체중을 계산하면서

허벅지의 글리코겐이 두터워져 갔다
타로 카드의 화려한 그림이
빙판 위의 질주를 앞질러 가는 것 같았다
불길하지 않았다
겁나지 않았다

두 눈을 가린 여인

콜라겐을 눈에 주입했다
눈동자에 스크래치가 났군요
불을 켜고 자면 눈동자가 혹사당해요
시력 검사표를 바라본다
렌즈를 벽돌처럼 쌓아 올리자
새들이 날아와 앉는다
새의 부리가 쪼아대는 활자판
검은 새의 날개가 오른쪽으로 날아간다
하얀 새의 영혼이 왼쪽 문으로 걸어가고 있다
불빛이 꺼진다
비어 버린 전광판
캄캄한 연못 위 60와트 오스람 전구가 켜지듯
불빛은 어둠을 밀어내고
잠든 나의 수면 위를 밝힌다
수많은 스크래치를 메우고 고요해지는 수면

의사는 수면 안대를 권했다
잠자는 동안에는
눈동자를 불빛에 노출하지 마세요
수면 안대로 가두어진 연못이 출렁인다

흰 천으로 두 눈을 가린 여인
손에 든 천칭이 기울어진다
어둠이 무겁게 내려앉는다

비는 따뜻하다

*

현관 키를 누르면 앵무새가
버튼 소리를 흉내 낸다
십 년을 함께 살아도
거울 속 앵무새는 말을 하지 않는다

*

달걀 노른자는
노른자가 터지기 전까지
아라비아 숫자는
숫자 제로를 만나 곱해지기 전까지

*

검은 립스틱을 바른 입술로
가벼운 오 아닌
무거운 오!
벽돌처럼 오만한 노랫소리 아닌
냉장고 속 살얼음 낀 달걀흰자의 차가움 아닌
방금 흘린 눈물처럼 따뜻한
노래를 부른다

\>

*

새장 속에 거울을 넣어 준다
거울 속 검은 눈동자에 햇빛이 스며든다
거울 속의 자신을
어쩌면 그곳에 없는 자신을
응시하는 앵무새

*

새장 속에 빗발이 들이친다
비는 따뜻하다
몸에 흘러내리는 빗물은
따뜻하다
뜨거움은
다른 존재로의 건너감이다

트라이앵글

트라이앵글 구도를 사랑하였네

숨을 구석을 확보해 주는 구도, 트라이앵글은 배려심이 있
는 것이네

하나가 무너져도 둘이 버텨 주는 구도를 사랑하기로 하네

숲속은 어두워지고 두 사람 곁에서 트라이앵글의 난간은
위태로워지지

그러나 때때로, 위험한 존재 옆이 더 안전하다네

오케스트라 속 트라이앵글의 연주처럼

졸린 눈을 비비며 녹색의 잎사귀에서 잠이 든 작은 애벌레는

그물맥 사이로 몸을 웅크리네

깨어지기 전의 유리잔이 팽팽하게 위험해지네

유리 조각으로 그은 살갖에서 선홍색 점액질, 붉은 목걸
이로

나는 아름다워지려고 하네

푸른 도마뱀이 꼬리를 자르고 사라지지

서로에게 특별해지기를 사람들은 원했지만

리어카 위의 생

잠들어 있었다
사평대로 옆 콘크리트 다리 아래
달리는 차의 속도에 떨리는 진동을 히터 삼아
리어카 폐휴지 위에 누군가 잠들어 있었다

바람에 날려 온 눈송이 어미 새처럼 깃털을 물어 와
침낭 위를 덮어 주었지
그도 장밋빛 뺨의 어린아이였지
고드름처럼 굳어진 신문지 이불이 풀 먹인 이불 홑청 냄
새를 불러오면
젖을 물려 주며 내려다보던 어머니의 눈빛 같은
가로등 불빛을 올려다보며 잠이 들었겠지
보호막 뚫린 새장 속 새 한 마리
열쇠를 잃어버린 것일까

다시 가 본 그 자리에
얼음 박힌 깃털 몇 조각 떨어져 있었다
나는 가슴속에서 꺼낸 반짝이는 열쇠를
가 버린 그를 향해 던져 주었다
빗장을 열고 내 가슴속 새가 멀리 날아가는 모습이 보였다

랜덤하지 않은

와이퍼가 빗물을 걷어 내고 있었다
수족관 속의 물고기처럼
음소거된 화면 속에서 물고기는 각자 등을 돌리고
희미해진다

안개가 앞차의 불빛을 삼켰다
와이퍼가 안개를 걷어 내고 있었다
배경 흐릿한 인물 사진처럼
우리는 갑자기 선명해졌다

자동차가 언덕을 올라오고 있었다
가로등 아래, 서서히 다가오는 불빛 하나
왼쪽 헤드라이트만 켜진 채,
와이퍼가 쉬지 않고 움직였다
암실 전구 아래, 윤곽 드러나기 시작하는 흑백사진처럼
기다리던 대상은 안개를 헤치고 한쪽 눈으로만
달려온 것이다

내게로 온 것들 랜덤하지 않았다

내가 보내고 흘려 버린 것과

내게로 오게 된 모든 것들이 무관하지 않았다

제4부

벽돌 소년

아프리카에는 집집마다 어른들보다 아이들이 많다
아이들이 많은 집은 아이가 부모가 된다
철이 먼저 든 아이 순서로

맨발로 수십 리 길을 걸어서
벽돌을 날랐어요
벽돌 20장에 우리 아이 콜라 한 병 값
온종일 벽돌을 날라도 신이 났죠
붉은 벽돌에서 식구들의 밥이 생겨요
학교에 가지 않아도
키가 더 자라지 않아도

괜찮아요
벽돌을 욕심껏 머리에 얹었어요
이제 손을 놓고 걸어도 중심을 잘 잡아요
열 살 소년 니꼴라의 꿈은
몸이 빨리 자라서 머리 위에 벽돌을
하늘만큼 쌓는 거라고
벽돌을 많이 나르는 사람이
되고 싶다고

얼음의 통로

호흡기 질환을 오래 앓은
기침 소리 들려온다
끊어질 듯 끊어질 듯 이어지던 바이올린 연주 소리가
담배 연기에 흩어진다

깊을수록 낮은 소리를 내는 밤의 문장은 따로 있어
어두워질 때면 귀를 모아야 한다
소리치는 것보다는 속삭이는 소리가
더 크게 더 멀리 들리는 것이란다

수신인 없는 번호를 누른다 음성메시지가 차곡차곡 쌓
여 간다
내 목소리가 모르는 낯선 사람의 목소리 같다

남극의 동공에서 빠져나온 물의 소리 들려온다
우리 저곳으로 뛰어내릴까
이빨 자국이 난 얼음의 열린 입
남극 물개가
얼음 밑을 헤엄치다가
이빨로 얼음을 갈아서

통로를 만들고 올라와 숨을 쉰다
두꺼운 얼음장 밑에서 올라와 숨을 쉰다
어린 새끼들을 데리고 얼음의 통로를 드나든다

음악 천재 아버지는 바이올린 고음처럼 신경이 예민했다 무릎 꿇고 앉아 혼나면서 흘깃 쳐다본 아버지의 화난 모습이라니 파닥거리는 물고기 같아서 웃음을 더 참지 못하고 웃어 버렸지만. 혼날 때 웃음을 참아야 하는 것이 나의 비밀이 되고 줄담배로 화를 태우시던 아버지. 뭐가 우스워 반성도 없이, 반성도 없이 나는 우스워요 아무것도 아닌 일인데 어른들은 화를 내고 이상한 표정이 되는 이상한 나라에 나는 불시착한 여행자 같아요 너는 왜 한 번도 화를 내지 않니 재혼한 아버지를 만나러 같이 가자고 생활비를 받아 올 때마다 화가 난다는 친구는 말했다 재혼한 아버지에게서 받아 온 생활비로 담배를 사서 피우던 백합꽃을 닮은 친구, 여고 단짝 친구는 담배를 내밀었지만 나는 미술실에서 선생님과 둘이 맞담배를 피우며 환하게 웃던 친구의 얼굴이 떠올라 담배를 피우지 않았다 전교생들이 단짝 친구를 비난하고 손가락질한 것은 미술 선생님이 유부남이었기 때문이었을까 아니면 친구가 학교에서 제일 예뻤기 때문이었을까 아

버지 묘소에 담뱃불을 붙여 놓아 드렸다 잠을 잘 때가 가장
행복하다던 단짝 친구는, 그때 깊은 잠을 자고 싶었던 걸
까 아니면 정말, 죽고 싶었을까 담배 연기처럼 흩어져 버린
아름다운 사람들, 두꺼운 얼음장 밑에서 올라오지 않았다

접촉 안락

의식보다 먼저 반응하는 피부
제2의 자아가 있다
기억에 없는 타박상을
푸르게 드러내고
자신 안에 들어온 동일하지 않은 유전자를
먼저 구별해 내는 또 하나의 내가 있다
신경이 혼란을 일으키자
피부에 발진이 일어난다
고요한 호수
물의 파동처럼
이물질에 알레르기를 일으키고
익숙해지자 다시 가라앉는다
다른 유전자는 삼 개월이 지나면
동일한 세포로 인식되어 안락해진다
제2의 자아가 나침반이 되어 나를 가리키며 멈추었다

점성술사

관람객처럼 청취자처럼 나는 보고 들었는데
그것이 너 자신이 아니라니

내 별점이 비껴간 곳을
너는 운행 중이라 했다

점성술사는 별자리를 호명해 낸다
호명의 입술에 별들의 온기가 저장된다

별자리 판을 떠도는 너의 행로와 별점은
비로소 일치한다

사랑할 줄 모르는 별, 이름표를 붙여 준다

자신의 행적이 자신의 유전자가 아니면
너는 너가 아니다

이름표를 떼 버리고 궤도를 벗어나 멀어진다
렌즈 바깥을 넘어서 본 자의 행로도가 펼쳐진다

선명해지는 너의 행적이 행간을 떠돌았다

감나무 밖의 감

언제부터 거기 있었을까
창밖 감나무에 내 심장이 매달려 있네
나의 바깥에서 나를 지켜보고 있네

네가 나를 몰라도
나는 금방 너를 알아볼 것이네
내 심장은 네가 가지고 갔으니

나를 대신해서 네가 비를 맞고 있네
젖지 않는 심장으로

문을 나서니 문이 보이네
너를 나서니 네가 보이네
나는 나의 바깥에 서 있었네
감은 감나무 바깥에서 감이 되었지

열 번의 백 년이 흘러도
나는 너를 알아볼 것이네
네가 알아볼 수 있게 너의 심장을 내가 들고

중독

다정한 팔을 끼고

지켜보는 내가 약자인 줄 알았지

보이는 네가 약자인 줄 알았지

내 약에는 문제가 없다 그러나

많은 것이 보여서 혼란스러움으로 약자가 되어 가고

내 약에는 문제가 없다 그런데

전에는 알 수 없던 것들이 자꾸만 알아지는 것이

내 약에는 문제가 없다 그래서

잠도 잘 자고 있는데

내 약에는 문제가 없다 그렇다면

나에게 문제가 있는 것이다

서로 단 한 번도 닿은 적 없는 농구공과 농구 코트처럼

내 약에는 문제가 없다 그럼에도 불구하고

보이는 너와 보아야 하는 나는 서로 마주치지 않지

가능성의 파동으로 우리는 남았으면 좋겠지

단지 경향일 뿐인 것에 대해

다정하게 데려가는 것이다

2분 동안에도 천만 시간이 지난 듯 늙어 버리는 감정들

손잡이가 없어도

저 문을 나는 열고 말 텐데
내 약에는 아직 문제가 없다

아름다운 혼돈

    수저 두 벌을 식탁에 나란히 놓는다 모녀는 젓가락으로 밥
을 먹는다 팔순 노모의 젓가락질은 경이롭다 내가 모르는 어
머니의 감정은 없었다 어머니 화장대 위에 놓인 색조 화장품
보다 다채로운 감정의 색상들이었다 젓가락으로 깻잎을 얹
어 주면 아이는 말했다 나뭇잎이 어떻게 이렇게 맛있을 수
있을까 아이는 마주 앉은 엄마의 입에 수저를 건넸다 내 입
은 안 보이니까 내게 음식을 먹여 주는 엄마를 흉내 내면서
서로 밥을 먹여 주었다 스스로 밥을 먹을 수 없다면 손을 뻗
어 서로에게 밥을 먹여 주어야만 한다면 전쟁 따위는 없을 테
지 이제는 내 어릴 적 모습 같은 내가 낳은 것도 같은 어머니
식탁 위에 모녀는 젓가락처럼 나란히 놓여 있다 한 짝을 잃
으면 쓸모가 없어지는 젓가락처럼 모녀는 나란히 앉아 있다

무언가를 한다는 것

10센티미터 평균대 위에 올라서서 회전을 했다
가느다란 흰 발목엔 눈처럼 흰 붕대가 늘 감겨 있었다
발목의 흰 붕대를 보며 친구는 말했다
네가 뭔가를 한 거 같아서 부러워
네 발목의 흰 붕대를 보면 난 아무것도 하지 않은 거 같아
상처는 뭔가를 했다는 거였다
상처는 도전과 시도의 흔적이 된다

공중에서 몸을 회전하는 너는 어디로든 날아갈 거 같았어
운동장에 휘날리는 만국기처럼 다른 나라에서 온 사람
같았지

학교 대표로 나가서 발목 부상으로 평균대 위에 올라가
지 못했다
무언가를 한다는 건 내가 아닌 것이 되어 가는 과정이었다

가자지구의 벽

다이어그램을 그리듯이

콘크리트 벽 가운데에 그려 놓은 하늘

커다랗고 위험한 벽

장대높이뛰기 선수처럼

장대의 반동으로 날아올라 벽을 넘어가고 싶었지

병실의 하얀 페인트 벽처럼 창백한 얼굴로

삼면이 콘크리트 벽으로 봉쇄된 가자지구

이 벽은 누구의 인터뷰어인가

이 벽은 누구의 인터뷰이인가

사실은 진실과 무관하기도 하여서

\>

거짓과 음모 속에서 가자를 타전하는 외신들

멈추지 않고 비가 내린다

참을 수 없는 구토를 하며

얼굴을 돌려 가자를 외면하는 세상으로부터

무차별 폭격으로부터

여자와 아이들을 지켜야 하는 가자의 사람들

가자지구에 총탄 같은 비가 쏟아진다

감출 수 없는 몸을 가진 자들은 들판에 선 나무들처럼

이 총탄을 다 맞을 수밖에

끈질기게도 비가 내렸다 가자의 아이들을 적시면서

꿈의 수족관

대기 중에 책갈피들이 산다
거대한 수족관을 헤엄치는 책갈피들
태평양을 건너온 푸른 책갈피, 내린천을 거슬러 내려온
붉은 책갈피
달라진 수온에 아가미를 움츠린다
책장 사이를 헤치고
황금 책갈피는 무거운 문장을 나르고
공중을 헤엄쳐서 나무 위로 오른다
황금 비늘 아래 숨을 몰아쉬던 책갈피는 행간을 놓친다

물고기가 나무에서 떨어진다
가장 두꺼운 책을 펼치고
책갈피마다
물고기들을 집어넣는다
대기 속에서 퍼덕이던 몸을
책갈피 속에 끼워 넣고 책장을 덮는다

빨간 물고기
황금 물고기
줄무늬 물고기,

투명한 지느러미로 페이지를 펼치면
마른 책갈피가 바스러진다

해 설

젖지 않는 심장을 가진 눈사람

유성호(문학평론가, 한양대학교 국문과 교수)

1. 지극한 위안과 성찰의 언어

이문경의 첫 시집『강물에서 건져 올린 눈사람』은 고요하고 정태적인 마음의 차원을 지향하지 않는다. 오히려 그녀의 시는 내면의 역동성을 언어의 활력으로 치환하면서 특유의 심미적 격정을 환기한다. 다양한 사물과 관념에 고유의 질감을 부여하는 창신創新의 혜안과 그것을 언어의 구체적 물질성으로 바꾸어 내는 조형 과정에서 이문경은 탁월한 역량을 보여 준다. 그때 우리는 사물과 상상력이 만나 빚어내는 구체적이고 역동적인 이미지로서의 환상적 창조물을 환하게 만난다. 요컨대 이문경의 시는 내면의 역동성과 사물의 구체성이 만나는 감각의 생성 과정에서 시작하여, 그 안에 선명한 경험과 기억의 밀도를 조형하는 세계를 담아낸다. 그렇게 감각과 경험과 기억을 충실하게 결속해 가는 시인의 시선을 따라 우리는 그 안에 담긴 사물과 상상력이 살아나는 순간을 또렷하게 목도하게 된다.

두루 알다시피, 우수한 서정시는 의미의 명료성보다는 다양하기 이를 데 없는 해석 체계를 거느린다. 그 의미는 제품 매뉴얼처럼 질서 있게 정리되거나 수학 공식처럼 획일적인 정답으로 귀납되지 않는다. 비교적 흐름이 안정되어 있고 난해성과는 일정하게 거리를 둔 경우라 할지라도 이러한 의미 해석의 원심력은 분명한 속성으로 나타나게 마련이다. 최근 우리 시단에는 분량이 많은 언어를 도입하는 시편이 적지 않게 나타나고 있고 이를 통해 미학적 확충을 도모하려는 노력이 빈번하게 등장하고 있다. 그 점에서 우리는 서정시의 원심력이 정점에 달한 시대를 살고 있다고 해도 좋을 것이다. 이러한 흐름에 비추어 볼 때 이문경의 시는 난데없는 해체 지향의 언어에 일정하게 저항하면서 자신의 경험과 기억의 원리에 충실한 구심력을 유지하고 있는 세계로 다가온다. 이는 그러한 과정이 자신의 불가피한 존재 증명으로 이어질 수 있다는 시인의 믿음 때문에 가능한 것이다. 아닌 게 아니라 시인은 난해성을 고의로 남발하기보다는 경험과 기억 속에 내재한 대상이나 순간을 재현하면서 그것을 사랑의 에너지로 다독여 간다. 그 결과 그녀의 시는 우리에게 지극한 위안의 시간을 선사해 주고 있다.

또한 이문경의 시는 시인 자신의 반대편에 서 있는 이들의 삶을 투명하게 바라볼 줄 아는 성찰의 품을 가지고 있다.

스스로의 약점이나 모순을 숨기지 않고 그것을 드러내어 온
몸으로 견뎌 내는 일, 그리고 자기도 모르게 내부에 확장되
어 가는 속물성을 반성적으로 사유하는 일 또한 그녀의 시
가 가진 윤리적 몫으로 보인다. 이문경의 시는 이러한 윤리
적 힘에 의한 가능성으로 충만하다는 점에서 서정시의 원
심적 현실 지향의 형질을 정점에서 구현하고 있고, 그녀는
그 힘을 통해 지난한 시간을 넘어 더 넓은 세상으로 첨예하
게 나아가고 있다 할 것이다. 그 힘의 바탕에 견결한 성찰
의 폭과 너비가 존재한다는 것은 단연 미더운 세계를 구성
하는 원리가 되고도 남음이 있을 것이다. 이제 그 세계 안
으로 한 걸음씩 들어가 보도록 하자.

2. 초월을 열망하는 기다림과 항구적 운동으로서의 사랑

이문경은 자신이 살아온 시간의 결을 회상하고 성찰하는
기억의 작용을 강렬하게 활용하는 시인이다. 우리가 서정
시의 창작 동기를 나르시스의 원리에서 찾는 이유도 여기에
있을 것이다. 이처럼 기억이라는 서정시의 중요하고도 원
초적인 욕망은, 한편으로는 자신의 안으로 몰입하려는 지
향으로 나타나기도 하고, 한편으로는 다양한 타자를 향해
확장해 가려는 외연적 힘으로 번져 가기도 한다. 이문경은
자신의 삶에 만만찮은 무게로 주어진 흔적들에 대한 기억
을 토로하면서 그때 얻은 기억과 상처의 흔적을 치유하려는

욕망을 드러내고 있다. 사물의 풍경과 주체의 경험을 유추
적으로 결합시키면서 그 과정에서 필연적으로 발생하는 주
체와 사물 간의 균열 양상을 집중적으로 돌아본다. 그래서
독자들은 그녀가 그려 가는 풍경과 경험 사이의 비유적 형
상들을 들여다보면서 세계내적 존재로서 가진 시인의 사유
와도 만나게 된다. 또한 그녀가 구현해 가는 이미지들이 미
세하면서도 역동적인 파동을 그리고 있기 때문에 우의적寓
意的 개괄로는 그 의미를 파악하기 어렵다는 것도 알아 가
게 된다. 그렇게 이문경의 감각은 다채롭고 그녀가 쓰는 시
의 의미는 천천히 지연되는 특성을 보인다. 그것은 그녀가
경험적 직접성보다는 상상적 관념과 그것을 결합시키는 작
법을 통해 시를 써 가기 때문이다. 그 상상적 관념을 불러
오고 완결하는 대표적 표상이 이번 시집에서는 '눈사람'으
로 나타나고 있다.

> 어떤 눈사람 밖의 세상은
> 부끄러움을 모르는 눈사람만 남았다
>
> 눈을 뜨면
> 너의 눈동자에
> 두 개의 빛, 눈사람이 떠올랐다
>
> 너의 눈을 들여다본다는 건
> 잃어버렸던 눈사람을 만나는 것이라고

그래서 네가 눈물을 흘리면
나도 따라서 눈물을 흘렸던 것이다
눈사람은 따라 우는 습관이 있다

손가락으로 약속을 걸면
너의 손이 팔레트처럼 열려 있다
잔설 녹아내린 흔적이 손바닥에 남는다

오늘 어떤 눈사람은 팔 하나를 잃었지만
너를 껴안을 수 없다고 말하지 않았다

손가락을 꼽아 보면 네가 덜어 쓴 물빛 색깔이 흘러내린다
물이 다시 원색인 것을 알고 있다는 듯이

눈물을 흘리지 않기 위해
양파 조각을 입에 물고 양파를 썰었다
너와 껴안을 때, 눈사람은 울 수 있다

밤사이 내리는 빗물로 다리가 녹는 중이다
아침이 되어 문을 열고 나가면 너는 보이지 않는다

몸을 벗어 버리고 원색으로 돌아가는 거라고
자신의 눈물로도 눈사람은 사라질 수가 있다

없는 것을 본다는 건

있었다는 것에 하나를 더 보태는 것

가끔 누군가
나를 오래 지켜보는 것이었다
내 눈동자 속 눈사람이

눈사람이, 눈사람을
지켜보는 것이었다
                              —「강물에서 건져 올린 눈사람」 전문

　시집 표제작이기도 한 이 시편은 이문경의 언어가 어떠한
심미적 에너지를 가진 채 펼쳐지고 있는지를 선명하게 알려
준다. 여기서 '눈사람'은 단수의 주체로 현상하지 않고, 안
과 밖에서 무수히 일고 무너지는 세계를 응시하는 시선에
의해 부조浮彫되는 심미적 영상으로 등장한다. 눈사람 밖에
는 세상이 있고 눈사람은 눈동자 안에 들어 있다. 눈사람 밖
세상에 존재하는 눈사람은 부끄러움을 모르고, "너의 눈동
자"에 있는 두 개의 빛은 "잃어버렸던 눈사람"을 만나게 해
주는 동시에 "잔설 녹아내린 흔적이 손바닥에 남는" 과정을
선사하기도 한다. 이때 2인칭으로 설계된 '너'는 시인 자신
의 분신으로 다가온다. 그러니 '너'가 덜어 쓴 물빛이 흘러내
리는 것은 시인 자신이 "몸을 벗어 버리고 원색으로 돌아가
는" 것이기도 할 터이다. 나아가 시인은 "없는 것을 본다는
건/ 있었다는 것에 하나를 더 보태는 것"이라고 말하는데,

"가끔 누군가/ 나를 오래 지켜보는 것"은 알고 보니 "내 눈동자 속 눈사람이// 눈사람이, 눈사람을/ 지켜보는 것"이기도 했기 때문이다. 그렇게 "강물에서 건져 올린 눈사람"은 어쩌면 눈동자에 들어 있는 시인 자신의 실존적 등가물이기도 하고 내면이 만들어 낸 환상적 창조물일 수도 있으리라. 그리고 그것은 "저 쏟아지는 수직의 은하수처럼"(『미래』) 존재론적 아득함을 주기도 하고 "너를 알아보지 못하기로 한 것처럼"(『가면무도회』) 풍부한 모호함으로 다가오는 타자들의 모습이기도 할 것이다. 다음은 어떠한가.

　　과자로 만든 집을 먹었다 적막 속에서 젤리로 만든 지붕을 먹고 그다음 초콜릿 벽을 먹고 마지막으로 별사탕 창문을 먹고 나면 과자로 만든 집은 부서졌다 적막 속에서 그런 밤엔 꿈에서 바늘 빛 한 올 빠져나갈 수 없는 벽이 보였다 적막 속에서 네 안의 창문이 너에게 말을 건다 너는 한 번도 네가 아닌 적이 없다고 몸을 던지면 언제든지 바깥으로 나갈 수 있는 벽 그는 너에게 어떤 벽이었나 관계라는 벽 속에서 세상은 어떤 과자로 만든 벽인가 적막 속에서 너는 그의 바깥 너는 부서지는 벽 그것이 싫어서 네가 부서진다면 그를 바깥으로 네가 가진다면 부서지며 너를 바깥으로 서 있게 하는 벽 적막 속에서 그러나 바깥에서 보면 너는 언제나 안에 있는 사람 너는 벽의 바깥으로 적막을 가진다 적막 속에서 벽의 바깥은 너로부터 멀어져 간다 적막 속에서

　　　　　　　　　　　　　　　　　　　―「적막」 전문

이번에도 시인은 미세하면서도 역동적인 이미지의 파동을 통해 자신의 세계내적 존재 조건에 대해 성찰하고 표현한다. 가령 시인은 한없는 적막 속에서 "과자로 만든 집"을 먹었다고 어떤 판타지 상황을 설정한다. 젤리 지붕과 초콜릿 벽과 별사탕 창문을 먹자 과자로 만든 집은 무너져 버리고, 시인은 적막한 밤 꿈속에서 "바늘 빛 한 올 빠져나갈 수 없는 벽"을 만난다. 끝없이 이어지는 적막 속에서 "몸을 던지면 언제든지 바깥으로 나갈 수 있는 벽"과 "너를 바깥으로 서 있게 하는 벽" 사이에 서 있는 시인은, 바깥에서 보면 "너는 언제나 안에 있는 사람"이고 "너는 벽의 바깥으로 적막을 가진" 사람이 된다는 사실을 절감하게 된다. 이때 '적막'이란 진공이나 고요와는 전혀 다른 거의 절대적인 존재론적 조건이 된다. 그것은 마치 "불꽃의 캄캄한 중심으로 사라진"(『책의 생김새』) 순간처럼 "빈집의 인기척이 남겨진 사람들의 불안을 가려 주고"(『마사토』) 있는 형상이기 때문이다. 한없는 적막 속에서 '눈사람'과는 다른 항구적 사랑의 모뉴멘트가 구축되고 있는 것이다.

언젠가 옥타비오 파스는 "만일 인간이 자기 자신 너머로 가고자 하는 초월이라면, 시는 그 계속적인 초월하기의, 그 끊임없는 상상하기의 가장 순수한 기호이다"(「에필로그」, 『활과 리라』)라고 썼다. 이러한 의견에 기댈 때, 우리는 초월을 열망하는 오랜 기다림과 불가피한 항구적 운동으로서의 사랑이 '시인 이문경'의 존재 방식을 확연하게 알려 주고 있음에 이른다. 그녀는 사물과 내면이 이루는 심미적 접점을 통해 아득한 순간을 구성함으로써 그러한 접점이 사실은 경험과 기억을 매개로 한 기다림과 사랑의 흔적임을 승인하고 있다. 이는 그녀의 마음이 사실은 매우 구체성 있는 기다림과 사랑의 태반에서 목숨을 얻은 것임을 실감 있게 들려주는 사례일 것이다. 그렇게 사라져 간 순간에 대한 가없는 연대감에 의해 이문경의 시는 확산 가능한 세계로 충만해 있다. '눈사람'의 형상이 거느린 한없는 '적막'은 그러한 세계를 완강하게 감싸고 있다 할 것이다.

3. 비극적 현실과 시원始原의 숲을 향한 원형적 상상력

다음으로 우리는 시인의 시선이 동시대의 현실을 향하는 장면을 목격하게 된다. 이문경 시인은 경험적 역사에 대한 탐구 의지를 일관되게 견지하면서 사회적 상상력과 시적 언어가 만나는 지점에 자신의 사유를 드리우기도 한다. 이때 삶의 비극성을 포괄하고 넘어서는 궁극적 자기 긍정 과정이 고통스럽고 아름답게 펼쳐진다. 이를 통해 우리는 그녀의 시가 굵고 깊은 역사의 차원으로 진입하는 원형적 힘을 만나게 된다. 아닌 게 아니라 이문경 시인이 들려주는 목소리는 역사 현장의 한복판을 흘러가는 인간 보편의 비극적 서사에 대한 관찰에서 발원하여 가난과 분쟁과 폭력의 현대사를 폭넓게 관찰하고 수습해 간다. 인간을 억압하는 현실에 대해 근원적 비판의 목소리를 발하면서 그녀는 현실에

긴박되지 않으면서도 어두운 현실을 시적 후경後景으로 전
유해 가는 것이다.

다이어그램을 그리듯이

콘크리트 벽 가운데에 그려 놓은 하늘

커다랗고 위험한 벽

장대높이뛰기 선수처럼

장대의 반동으로 날아올라 벽을 넘어가고 싶었지

병실의 하얀 페인트 벽처럼 창백한 얼굴로

삼면이 콘크리트 벽으로 봉쇄된 가자지구

이 벽은 누구의 인터뷰어인가

이 벽은 누구의 인터뷰이인가

사실은 진실과 무관하기도 하여서

거짓과 음모 속에서 가자를 타전하는 외신들

멈추지 않고 비가 내린다

참을 수 없는 구토를 하며

얼굴을 돌려 가자를 외면하는 세상으로부터

무차별 폭격으로부터

여자와 아이들을 지켜야 하는 가자의 사람들

가자지구에 총탄 같은 비가 쏟아진다

감출 수 없는 몸을 가진 자들은 들판에 선 나무들처럼

이 총탄을 다 맞을 수밖에

끈질기게도 비가 내렸다 가자의 아이들을 적시면서
　　　　　　　　　　　　　—「가자지구의 벽」 전문

　잘 알려져 있듯이 '가자지구'는 시나이반도 북동쪽 지역
으로서 이스라엘과 하마스의 갈등이 고조되면서 일상적으
로 폭격과 전투로 인한 대규모 유혈 사태가 끊이지 않는 곳
이다. 시인은 그 야만과 폭력의 현장을, 커다랗고 위험한
콘크리트 벽 가운데 그려 놓은 하늘의 다이어그램으로 바

라본다. 벽을 뛰어 넘어가고 싶지만 콘크리트 벽으로 봉쇄된 가자지구는 진실과 무관한 것처럼 굳건하게 배타적으로 존재할 뿐이다. 진실과 대척점에서 번식하는 "거짓과 음모" 속에서 사람들은 얼굴을 돌려 그곳을 애써 외면한다. 무차별 폭격 속에서 여자와 아이들을 지켜야 하는 사람들은 "들판에 선 나무들처럼" 쏟아지는 총탄을 맞을 뿐이다. 아이들을 적시면서 끝없이 빗줄기가 내리듯 말이다. 그곳에 내리는 총탄 같은 빗줄기야말로 "움켜잡았다가 놓은 심장"(「기린의 입과 심장의 거리」)처럼 누군가의 "울음에 다른 누군가의 울음이"(「마네킹의 거리」) 겹쳐 있는 순간을 전해 준다. 날것 그대로의 비극성과 그것을 넘어서는 인간의 위엄에 대한 긍정이 가파르게 맞서고 있는 애잔하고 중중하고 아름다운 시편이 아닐 수 없다.

캄캄한 하늘과 숲은 어두운 수면으로 이어지고 있다 수평의 띠를 이룬 어둠은 한 획의 빛도 멀리 가게 해 주었다 아주 먼 곳까지 터널 속을 나온 새 한 마리 희미하게 눈뜨지 갔다 나는 숲으로 들어갔다 초록 눈동자 번득이며 잎사귀는 날카로운 발톱을 숨기고 비에 젖은 얼굴 햇빛에 말리며 가벼워져 갔다 뒤에서 노려보던 녹색의 손아귀가 내 머리채를 잡아당겼다 가장 예리한 칼날은 가슴에 숨겨야 강해질 텐데 향엽나무의 얽힌 가지 사이로 당신의 잘린 머리가, 보였다 검붉은 피가 흘러 이제 당신은, 가벼워지나요 당신이 흘린 피와 내가 흘린 피로 잎사귀는 무성해지고 크고 넓

어진 혀로 우리를 단숨에 삼켜 버릴 텐데, 세상은 우리로부
터 잊혀 가요 당신은 자신이 가진 가장 강한 것으로 쓰러지
나요 나는 무엇으로, 쓰러지나요 나뭇가지 끝 달의 얼굴 할
퀴고 날아가는 새가 보였다

  백색 롤스크린이 내려오는 아침, 녹색 머리카락 풀어 헤
치고 숲이 나를 쓰러뜨렸다

                                —「어두운 수면」 전문

  이번에는 역사성보다는 원형성을 적극적으로 살린 시편
이다. 시인은 "캄캄한 하늘과 숲"이 이어져 간 "어두운 수
면"을 응시하고 있다. 수면에서 수평의 띠를 이루는 어둠은
"한 획의 빛"으로 하여금 멀리 나아가게끔 해 주는 원형적
힘으로 작동한다. 이 극한의 원심력은 어둠 속의 숲으로 시
인을 이끌어 들인다. 숲속 나무들의 잎사귀가 날카로운 발
톱을 숨기고 가벼워져 갈 때, 녹색 손아귀는 시인의 몸을
세차게 잡아당긴다. 이때 숲은 가장 예리한 칼날을 가슴에
숨기지 못하고 "당신이 흘린 피와 내가 흘린 피로" 무성해
진다. 그렇게 나뭇가지 끝 달의 얼굴 할퀴고 날아가는 새가
보일 때 '나'는 숲속에서 쓰러지고 만다. "어두운 수면"은 이
처럼 삶의 파열을 가능케 한 숲의 칼날을 우리에게 비추어
주는 은유적 형상인 셈이다. "수천의 나비가/ 몸 안에서 날
개를 펼치고"(「기타 씨의 나비 되기」) 날아가는 순간, 우리가 바
라보는 것도 "고요한 호수/ 물의 파동처럼"(「접촉 안락」) 다가

오는 어둠과 "버려야만 가질 수 있는"(『가진 적 없는 돌』) 침잠의 순간이었을 것이다. 이문경 시의 배경이 된 어둠과 적막과 침잠의 시간들이 거기 자욱하게 펼쳐져 있다.

  가자지구든 어두운 숲이든 어디에나 생명은 존재할 것이다. 그것은 초월적 실재로부터 흘러나온 숭고한 징후로서만이 아니라 매우 구체적이고 보편적인 힘으로서도 자기를 구성한다. 어디에서 그러한 생명은 존재하며 또 자기만의 외로 된 위엄을 가지고 있을 것이다. 그러니 영원히 숨겨진 신비한 영역으로 생명은 남아, 무한 저편으로부터 구체적인 역사 현장에 이르기까지 그 온기가 산포되는 것이 아니겠는가. 이문경 시의 촉수는 이러한 생명의 원리를 담아내는 앵글로서 폭력이 팽배한 분쟁의 지구를 찾아 애잔한 비애를 드러내기도 하고, 자기 탐닉에 빠지는 나르시시즘을 넘어 풍요로운 시원始原의 숲을 찾아가기도 한다. 탄탄한 지적 절제를 통해 사물의 속성과 자신이 지나온 시간을 응시하면서 그것을 심미적 형상으로 변형하는 지속적 활력을 보여 준다는 점에 이문경 시의 탁월한 특징이 있다고 할 수 있을 것이다. 그래서 그녀의 시는 선형적인 성장 서사의 얼개로 짜이기 쉬운 첫 시집의 문법을 훌쩍 뛰어넘으면서 다양한 심미적 풍경을 펼쳐 내고 있으며, 인간 보편의 서사에 대한 훤칠한 상상력을 그 안에 출렁거리게 하고 있는 것이다.

4. 삶의 비의秘義를 포괄하는 예술적 자의식

마지막으로 우리가 이번 시집에서 포착할 수 있는 권역
은 삶의 비의秘義를 포괄하는 그녀의 예술적 자의식에 있다.
일반적으로 서정시에서 대상에 대한 관조는 시인의 고유한
해석 행위와 결합하여 고유의 상상력을 생성시키게 마련이
다. 이번 시집에서 시인이 도달한 궁극적 경지는 온전하고
도 심미적인 결정結晶으로서의 삶과 예술 자체가 아닐까 한
다. 여기서 '자의식'이란 복합적 현실을 드러내면서도 그것
을 안아 들일 수 있는 상상적 세계를 마련하여 시인 스스로
의 꿈을 이입하는 의지 같은 것을 함축한다. 자연스럽게 그
것은 우리를 둘러싼 현실과 그것을 치유하려는 꿈 사이에서
발원하는 신생의 기록으로 나아가게 된다. 그리고 시인은
삶의 불모성과 싸우면서 그것을 회복하려는 열망에 의해 하
나의 세계를 완성해 내는 것이다. 삶의 비의를 포괄하는 이
문경 특유의 예술적 자의식을 만나 보도록 하자.

> 씨앗은 땅속에 있다
> 거대한 나무가 자란다
> 씨앗은 어디로 갔는가
> 잎사귀에
> 나뭇가지에
> 뿌리에
> 씨앗은 있다

파도가 밀려온다

그 파도를 업고 또 다른 파도가 넘어진다

어두워지기 위해 반짝이는 존재들

그 환해지던 순간을 믿지 않기로 한다

한낮에 켜진 전구처럼

드러나지 않는 존재들

까만 소는

내부에 있다

돌은 아래로 무거워지고

불꽃은 위로 한 계단씩 낮아져 간다

까만 소는 어디로 갔는가

강 한가운데에 까만 소는 있다

까만 소는 내가 사랑하는 대상보다 더욱더 동사적이다

—「까만 소」전문

이 작품은 '씨앗'과 '나무'라는 대립항으로 시작된다. 그것은 각각 미소微小한 시작과 거대한 완성이라는 대립 구도를 형성하지만, 시인의 눈길은 어느새 통일적으로 존재하는 근원적인 것에 대한 애착으로 몸을 바꾼다. 땅속의 씨앗은 "거대한 나무"를 가능케 하는 원질原質이자 잎사귀로도 나뭇가지로도 뿌리로도 번져 간 편재적 에너지이기도 하기 때문이다. 그런데 "어두워지기 위해 반짝이는 존재들"은 한

낮의 환해지던 순간을 넘어 스스로를 드러내지 않는다. 그렇듯이 "까만 소"야말로 존재 바깥이 아니라 내부에 있는 어떤 것으로 다가온다. 돌이 아래로 무거워지고 불꽃이 위로 낮아져 가듯이 "까만 소"는 강 한가운데로 나아가 "내가 사랑하는 대상보다 더욱더 동사적"으로 번져 갈 뿐이다. 이때 '까만 소'는 성스러운 궁극을 함의하는 신성한 상징이자 가장 위대한 파생력을 거느린 '삶/예술'의 지경을 함축한다. '시인 이문경'은 "깊을수록 낮은 소리를 내는 밤의 문장"(『얼음의 통로』)과 "방금 흘린 눈물처럼 따뜻한/ 노래"(『비는 따뜻하다』)를 통해 이러한 근원적인 삶과 예술의 비의를 우리에게 선사한다. 이때 그녀가 발하는 "목소리는 영혼의 바로미터"(『시체놀이』)가 되고도 남을 것이다.

언제부터 거기 있었을까
창밖 감나무에 내 심장이 매달려 있네
나의 바깥에서 나를 지켜보고 있네

네가 나를 몰라도
나는 금방 너를 알아볼 것이네
내 심장은 네가 가지고 갔으니

나를 대신해서 네가 비를 맞고 있네
젖지 않는 심장으로

문을 나서니 문이 보이네
너를 나서니 네가 보이네
나는 나의 바깥에 서 있었네
감은 감나무 바깥에서 감이 되었지

열 번의 백 년이 흘러도
나는 너를 알아볼 것이네
네가 알아볼 수 있게 너의 심장을 내가 들고
　　　　　　　　　　　　 ―「감나무 밖의 감」 전문

　이번에는 바깥과 안쪽의 대위법이 선명한 공간성을 가지
고 나타난다. "창밖 감나무"에 달린 심장은 "나의 바깥"에
서 언제부터인가 시인을 지켜보았을 것이다. "나의 바깥"에
서 응시하는 "내 심장"을 '너'가 가져갔으니 이제 "네가 나를
몰라도／ 나는 금방 너를 알아볼 것"이다. 비가 내려도 "젖
지 않는 심장"으로 문을 나서면 문이 보이고 '너'를 나서면
'너'가 보이는 경험은 "나의 바깥에 서" 있는 '나'야말로 "너
를 알아볼" 유일한 존재자라는 사실을 암시해 준다. 자연
스럽게 '너'가 알아볼 수 있도록 "너의 심장을 내가 들고"
있는 것이다. 이때 "감나무 밖의 감"은 "심장을 통과해야
만 목소리는 완성되는 것"(「기린의 입과 심장의 거리」)이라는 사
실을 알려 주면서 "선명해지는 너의 행적이 행간을"(「점성술
사」) 완성해 가는 실존적 절차들을 하나하나 각인해 준다.
그렇게 우리는 "서로에게 특별해지기를"(「트라이앵글」) 열망하

113

는 것이다.

이처럼 이문경의 시는 사물과의 깊은 교감 속에서 생성되어 그것들과 거의 등량等量의 몫으로 삶의 진실을 발견하는 과정을 낱낱이 보여 준다. 우리의 삶이 소소한 관성들이 모여 이루어진 것처럼 우리 눈에 보이는 일상이란 어쩌면 커다란 우주론이나 역사보다도 삶의 속성을 징후적으로 더 잘 알게 해 주는 것인지도 모른다. 특별히 이문경의 시는 순수한 인간의 욕망과 그것이 결국 현실 속에서 불가능한 원리를 핵심 지표로 노래하면서 이러한 소소하고도 강력한 힘에 의해 구성된 삶의 원리를 잘 보여 준다. 나아가 우리 시대의 상실감을 깊은 공감력으로 돌파하고 넘어서는 활력을 풍요롭게 보여 준다. 이른바 재현의 감옥을 벗어나 자신의 새로운 언어를 탐구하고 실천해 감으로써, 이문경은 일군의 환상 시편과는 전혀 다른 핍진한 실재를 정성스럽게 재구성해 간다. 한편으로는 몸에 깊이 새겨진 통증을 아름답게 토로하면서, 한편으로는 삶의 비의를 포괄하는 예술적 자의식의 성취를 이루어 낸 것이다.

5. 궁극적 긍정으로 변이시켜 가는 시학의 비밀

우리가 천천히 읽어 온 것처럼 이문경의 첫 시집『강물에서 건져 올린 눈사람』은 존재의 결핍에서 상상적 충일로 나아가는 과정에서 발원되고 완성된다. 그녀의 언어는 의미

론적 완결성보다는 혼돈의 에너지로 충만하고, 정합성보다는 비연속성을 통해 사물의 원리를 구성하기도 한다. 이는 언어의 기능 가운데 개진의 방식보다는 은폐나 간접화의 방식을 선택하는 과정에서 가능한 것이다. 이때 시인은 삶의 비애를 새로운 생성적 경험으로 탈환하는 상상력을 통해 자신의 절실한 깨달음은 물론 대상을 향한 한없는 사랑을 담아 가게 된다. 우리는 시인의 상상력을 통해 자신의 삶을 반성적으로 사유하기도 하고 새로운 세계에 대한 간접화된 경험을 치르기도 하는 것이다. 이문경의 첫 시집은 이러한 속성을 남김없이 충족하는 상상과 경험의 도록圖錄인 셈이다. 그리고 그 안에는 시인 자신의 내면에서 지속되는 흐름으로 경험되는 시간성이 깊이 흐르고 있다 할 것이다.

이제 우리는 이번 시집을 통해 그녀가 처한 실존적, 역사적 정황을 끊임없이 관찰하면서 그에 천천히 동참해 가게 된다. 이문경 시인은 자신의 몸에 새겨진 수많은 흔적을 통해 '젖지 않는 심장을 가진 눈사람'의 표상으로 선연하게 태어나고 있기 때문이다. 시간의 엄정한 불가역성不可逆性과 그것을 초극하고자 하는 남다른 모험을 동시에 보여 주면서, 그녀는 자신의 시를 밋밋한 기억에서 벗어나 충일한 자의식의 세계로 나아가게끔 공을 들인다. 그녀의 첫 시집이 미학적 입체성과 모험적 의지를 함께 보여 줄 수 있었던 까닭이 바로 여기 있을 것이다.

이문경 시인은 면밀하고도 아름다운 기억의 풍경을 견지하면서 상실과 부재의 상처로 가득한 세계를 새로운 생성과

도약의 마음으로 넘어선다. 그동안 온몸으로 견뎌야만 했던 순간들을 훌쩍 넘어서도록 자신의 시에 특유의 역동성을 부여한다. 이는 세계의 원리를 상실과 부재로 여기지 않고 궁극적 긍정으로 변이시켜 가는 비밀을 유감없이 드러낸 그녀만의 원초적 힘일 것이다. 우울과 불화, 결핍과 불모를 예민한 감각으로 노래하면서도 이문경이 삶의 역설을 통한 실존적 긍정으로 나아가는 것도 이러한 힘이 바탕을 이루어 주었기 때문일 것이다. 때로 이문경 시인의 이러한 보편적 삶의 인식은 격정적 초월의 태도로 나아가기도 하는데, 이는 그녀만의 호환 불가능한 '젖지 않는 심장을 가진 눈사람'의 원리가 되어 준다. 그녀의 시는 그러한 다양한 정서적 문양紋樣을 지니면서 한없는 확장성을 가지고 펼쳐져 간 아름다운 상상적 언어일 것이다. 첫 시집의 출간을 마음 깊이 축하드리면서, 더욱더 원숙하고 아름다운 시적 진경進境으로 나아가기를 희원해 본다.